COLEÇÃO ÁRTEMIS

CLÁSSICOS DA LITERATURA NACIONAL

AUTO DA BARCA DO INFERNO

GW00470244

BARCA DO INFERNO

GIL VICENTE

MIDGARD EDITORES

FICHA TÉCNICA

Título: Auto da Barca do Inferno
Autor: Gil Vicente
Edição © Midgard Editores, 2018

Revisão: Rúben Oliveira
Capa: Rúben Marques
Desenho da capa: Yuri B.
Composição: Rúben Marques

Impressão: Amazon Books
1ª edição: agosto de 2018
ISBN: 9781719824200

INTRODUÇÃO

Auto de Moralidade composto por Gil Vicente per contemplação da sereníssima e muito católica rainha dona Lianor, nossa senhora, e representado per seu mandado ao poderoso príncipe e mui alto rei dom Manuel, primeiro de Portugal deste nome.

Começa a declaração e argumento da obra. Primeiramente, no presente auto, se fegura que, no ponto que acabamos de espirar, chegamos supitamente a um rio, o qual per força havemos de passar em um de dous batés que naquele porto estão, *scilicet*, um deles passa pera o Paraíso, e o outro pera o Inferno; os quais batés tem cada um seus arrais na proa: o do Paraíso um Anjo, e o do Inferno um Arrais infernal e um Companheiro.

CENA I

O primeiro interlocutor é um Fidalgo que chega com um Paje que lhe leva um rabo mui comprido e ũa cadeira d'espaldas. E começa o Arrais do Inferno ante que o Fidalgo venha.

DIABO
À barca, à barca, houlá!
Que temos gentil maré!
— Ora venha o caro à ré!

COMPANHEIRO Feito, feito!

DIABO
Bem está!
Vai tu muitieramá,
atesa aquele palanco
e despeja aquele banco
pera a gente que vinrá.

À barca, à barca, hu-u!
Asinha, que se quer ir!
Oh! Que tempo de partir,
louvores a Berzebu!
— Ora, sus! Que fazes tu?
Despeja todo esse leito!

COMPANHEIRO Em boa hora! Feito, feito!

DIABO   Abaxa má-hora esse cu!

Faze aquela poja lesta
e alija aquela driça.

COMPANHEIRO Oh-oh, caça! Oh-oh, iça! Iça!

DIABO Oh, que caravela esta!
Põe bandeiras, que é festa.
Verga alta! Âncora a pique!
— Ó poderoso dom Anrique,
cá vindes vós? Que cousa é esta?

9

CENA II

Vem o Fidalgo e, chegando ao batel infernal, diz:

FIDALGO	Esta barca onde vai ora,
	que assi está apercebida?
DIABO	Vai para a ilha perdida
	e há de partir logo ess'ora.
FIDALGO	Pera lá vai a senhora?
DIABO	Senhor, a vosso serviço.
FIDALGO	Parece-me isso cortiço...
DIABO	Porque a vedes lá de fora.
FIDALGO	Porém, a que terra passais?
DIABO	Pera o Inferno, senhor.
FIDALGO	Terra é bem sem-sabor.
DIABO	Quê? E também cá zombais?
FIDALGO	E passageiros achais
	pera tal habitação?
DIABO	Vejo-vos eu em feição
	pera ir ao nosso cais...
FIDALGO	Parece-te a ti assi.
DIABO	Em que esperas ter guarida?
FIDALGO	Que leixo na outra vida
	quem reze sempre por mi.
DIABO	Quem reze sempre por ti!...

Hi hi hi hi hi hi hi hi!
E tu vivêste a teu prazer,
cuidando cá guarecer
por que rezem lá por ti?

Embarcai! Hou! Embarcai,
que haveis de ir à derradeira.
Mandai meter a cadeira,
que assi passou vosso pai.

FIDALGO	Quê? Quê? Quê? Assi lhe vai?
DIABO	Vai ou vem, embarcai prestes!
	Segundo lá escolhestes.
	Assi cá vos contentai.

Pois que já a morte passastes.
Havês de passar o rio.

FIDALGO	Não há aqui outro navio?
DIABO	Não, senhor, que este fretastes,
	e primeiro que espirastes
	me destes logo sinal.
FIDALGO	Que sinal foi esse tal?
DIABO	Do que vós vos contentastes.

FIDALGO	A estoutra barca me vou.
	— Hou da barca! Pera onde is?
	Ah, barqueiros! Não me ouvis?
	Respondei-me! Houlá! Hou!
	(Par Deos, aviado estou!
	Cant'a isto é já pior...
	Que jiricocins, salvanor!
	Cuidam que sou eu grou?)

ANJO	Que querês?
FIDALGO	Que me digais,

	pois parti tão sem aviso,
	se a barca do Paraíso
	é esta em que navegais.
ANJO	Esta é; que demandais?
FIDALGO	Que me leixês embarcar.
	Sou fidalgo de solar,
	é bem que me recolhais.

ANJO	Não se embarca tirania
	neste batel divinal.
FIDALGO	Não sei porque haveis por mal
	que entr'a minha senhoria...
ANJO	Pera vossa fantesia
	mui estreita é esta barca.
FIDALGO	Pera senhor de tal marca
	nom há aqui mais cortesia?

	Venha a prancha e atavio!
	Levai-me desta ribeira!
ANJO	Não vindes vós de maneira
	pera ir neste navio.
	Essoutro vai mais vazio:
	a cadeira entrará
	e o rabo caberá
	e todo vosso senhorio.

Vós irês mais espaçoso
com fumosa senhoria,
cuidando na tirania
do pobre povo queixoso;
e porque, de generoso,
desprezastes os pequenos,
achar-vos-ês tanto menos
quanto mais fostes fumoso.

DIABO	À barca, à barca, senhores!
	Oh! que maré tão de prata!
	Um ventezinho que mata
	e valentes remadores!

Diz, cantando:

Vós me veniredes a la mano,
a la mano me veniredes.

FIDALGO	Ao Inferno todavia!
	Inferno há i pera mi?
	Ó triste! Enquanto vivi
	não cuidei que o i havia.
	Tive que era fantasia;
	folgava ser adorado;
	confiei em meu estado
	e não vi que me perdia.
	Venha essa prancha!
	Veremos esta barca de tristura.
DIABO	Embarqu'a a vossa doçura,
	que cá nos entenderemos...
	Tomarês um par de remos,
	veremos como remais,
	e, chegando ao nosso cais,
	todos bem vos serviremos.
FIDALGO	Esperar-me-ês vós aqui,
	tornarei à outra vida
	ver minha dama querida
	que se quer matar por mi.
DIABO	Que se quer matar por ti?
FIDALGO	Isso bem certo o sei eu.

DIABO	Ó namorado sandeu,
	o maior que nunca vi!
FIDALGO	Como pod'rá isso ser,
	que m'escrevia mil dias?
DIABO	Quantas mentiras que lias
	e tu... morto de prazer!
FIDALGO	Pera que é escarnecer,
	que nom havia mais no bem?
DIABO	Assi vivas tu, amen,
	como te tinha querer!
FIDALGO	Isto quanto ao que eu conheço...
DIABO	Pois estando tu espirando,
	se estava ela requebrando
	com outro de menos preço.
FIDALGO	Dá-me licença, te peço,
	que vá ver minha mulher.
DIABO	E ela, por não te ver,
	despenhar-se-á dum cabeço.
	Quanto ela hoje rezou,
	antre seus gritos e gritas,
	foi dar graças infinitas
	a quem a desassombrou.
FIDALGO	Cant'ela, bem chorou!
DIABO	Nom há i choro de alegria?
FIDALGO	E as lágrimas que dezia?
DIABO	Sua mãe lhas ensinou.
	Ora, entrai! Entrai! Entrai!
	Ei-la prancha! Ponde o pé...
FIDALGO	Entremos, pois que assi é.
DIABO	Ora, senhor, descansai,

passeai e suspirai.
Entanto vinrá mais gente.

FIDALGO   Ó barca, como és ardente!
Maldito quem em ti vai!

Diz o Diabo ao moço da cadeira:

DIABO   Não entras cá! Vai-te d'i!
A cadeira é cá sobeja:
cousa qu'esteve na igreja
não se há de embarcar aqui.
Cá lha darão de marfim,
marchetada de dolores,
com tais modos de lavores,
que estará fora de si...

À barca, à barca bõa gente,
que queremos dar à vela!
Chegar a ela! Chegar a ela!
Muitos e de boa mente!
Oh! que barca tão valente!

CENA III

Vem um Onzeneiro, e pergunta ao Arrais do Inferno, dizendo:

ONZENEIRO   Pera onde caminhais?
DIABO   Oh! Que má-hora venhais,
            onzeneiro, meu parente!

            Como tardastes vós tanto?
ONZENEIRO   Mais quisera eu lá tardar...
            Na safra de apanhar
            me deu Saturno quebranto.
DIABO   Ora mui muito m'espanto
            nom vos livrar o dinheiro!
ONZENEIRO   Solamente pera o barqueiro
            nom me leixaram nem tanto...

DIABO   Ora entrai, entrai aqui!
ONZENEIRO   Não hei eu i d'embarcar!
DIABO   Oh! Que gentil recear,
            e que cousas pera mi!
ONZENEIRO   Ainda agora faleci,
            leixa-me buscar batel!
            Pesar de São Pimentel,
            Nunca tanta pressa vi!

	Pera onde é a viagem?
DIABO	Pera onde tu hás de ir.
ONZENEIRO	Havemos logo de partir?
DIABO	Não cures de mais linguagem.
ONZENEIRO	Pera onde é a passagem?
DIABO	Pera a infernal comarca.
ONZENEIRO	Dix! Não vou eu em tal barca.
	Estoutra tem avantagem.

Vai-se à barca do Anjo e diz:

ONZENEIRO	Hou da barca! Houlá! Hou!
	Havês logo de partir ?
ANJO	E onde queres tu ir ?
ONZENEIRO	Eu pera o Paraíso vou.
ANJO	Pois cant'eu mui fora estou
	de te levar para lá.
	Essa barca que lá está
	vai pera quem te enganou.
ONZENEIRO	Porquê?

ANJO	Porque esse bolsão
	tomara todo o navio.
ONZENEIRO	Juro a Deos que vai vazio!
ANJO	Não já no teu coração.
ONZENEIRO	Lá me fica de rodão
	minha fazenda e alhea.
ANJO	Ó onzena, como es fea
	e filha de maldição!

Torna o Onzeneiro à barca do Inferno e diz:

ONZENEIRO	Houlá! Hou demo barqueiro!
	Sabês vós no que me fundo?

Quero lá tornar ao mundo
e trarei o meu dinheiro.
Aqueloutro marinheiro,
porque me vê vir sem nada.
dá-me tanta borregada
como arrais lá do Barreiro.

DIABO	Entra, entra! Remarás!
	Nom percamos mais maré!
ONZENEIRO	Todavia...
DIABO	per forç'é!
	Que te pês, cá entrarás!
	Irás servir Satanás
	porque sempre te ajudou.
ONZENEIRO	Ó triste, quem me cegou?
DIABO	Cal'-te, que cá chorarás.

Entrando o Onzeneiro no batel, que achou o Fidalgo embarcado, diz, tirando o barrete:

ONZENEIRO	Santa Joana de Valdês
	Cá é vossa senhoria?
FIDALGO	Dá demo a cortesia!
DIABO	Ouvis? Falai vós cortês!
	Vós, fidalgo, cuidarês
	que estais na vossa pousada?
	Dar-vos-ei tanta pancada
	com um remo, que reneguês!

CENA IV

Vem Joane, o Parvo, e diz ao Arrais do Inferno:

JOANE	Hou daquesta!
DIABO	Quem é?
JOANE	Eu sô.
	É esta a naviarra nossa?
DIABO	De quem?
JOANE	Dos tolos.
DIABO	Vossa.
	Entra!
JOANE	De pulo ou de voo?
	Hou! Pesar de meu avô!
	Soma: vim adoecer
	e fui má-hora a morrer,
	e nela pera mi só.
DIABO	De que morreste?
JOANE	De quê?
	Samicas de caganeira.
DIABO	De quê ?
JOANE	De cagamerdeira.
	Má ravugem que te dê!
DIABO	Entra! Põe aqui o pé!
JOANE	Houlá! Num tombe o zambuco!
DIABO	Entra, tolaço enuco,
	que se nos vai a maré!

JOANE	Aguardai, aguardai, houlá!
	E onde havemos nós d'ir ter?
DIABO	Ao porto de Lucifer.
JOANE	Ha-a-a...
DIABO	Ó Inferno! Entra cá!
JOANE	Ó Inferno? Eramá!

Hiu! Hiu! Barca do cornudo.
Pero Vinagre, beiçudo,
rachador d'Alverca, huhá!

Sapateiro da Candosa!
Antrecosto de carrapato!
Hiu! Hiu! Caga no sapato,
filho da grande aleivosa!
Tua mulher é tinhosa
e há de parir um sapo
chentado no guardenapo!
Neto de cagarrinhosa!

Furta-cebola! Hiu! Hiu!
Escomungado nas erguejas!
Burrela, cornudo sejas!
Toma o pão que te caiu!
A mulher que te fugiu
per'a Ilha da Madeira!
Cornudo até mangueira,
toma o pão que te caiu!

Hiu! Hiu! Lanço-te ũa pulha!
Dê-dê! Pica nàquela!
Hump! Hump! Caga na vela!
Hio, cabeça de grulha!
Perna de cigarra velha,
caganita de coelha,

pelourinho de Pampulha!
Mija n'agulha, mija n'agulha!

Chega o Parvo ao batel do Anjo, e diz:

JOANE	Hou da barca!
ANJO	Que me queres?
JOANE	Queres-me passar além?
ANJO	Quem és tu?
JOANE	Samica alguém.
ANJO	Tu passarás, se quiseres;
	porque em todos teus fazeres
	per malícia nom erraste.
	Tua simpreza t'abaste
	pera gozar dos prazeres.
	Espera entanto per i;
	veremos se vem alguém
	merecedor de tal bem
	que deva de entrar aqui.

CENA V

Vem um Sapateiro com um avantal, e carregado de formas, e chega ao batel infernal, e diz:

SAPATEIRO	Hou da barca!
DIABO	Quem vem i?
	Santo sapateiro honrado!
	Como vens tão carregado?
SAPATEIRO	Mandaram-me vir assi...
	E pera onde é a viagem?
DIABO	Pera o lago dos danados
SAPATEIRO	Os que morrem confessados,
	onde têm sua passagem?
DIABO	Nom cures de mais linguagem!
	Esta é tua barca, esta!
SAPATEIRO	Arrenegaria eu da festa
	e da puta da barcagem!
	Como poderá isso ser,
	confessado e comungado?
DIABO	E tu morreste escomungado:
	nom o quiseste dizer.
	Esperavas de viver;
	calaste dous mil enganos.
	Tu roubaste bem trint'anos

22

o povo com teu mester.

Embarca, eramá pera ti,
que há já muito que t'espero!

SAPATEIRO   Pois digo-te que nom quero!
DIABO   Que te pês de ir, si, si!
SAPATEIRO   Quantas missas eu ouvi,
            nom me hão elas de prestar?
DIABO   Ouvir missa, então roubar —
            é caminho per'aqui.

SAPATEIRO   E as ofertas, que darão?
            E as horas dos finados?
DIABO   E os dinheiros mal levados,
            que foi da satisfação?
SAPATEIRO   Ah! Não praza cordovão,
            nem à puta da badana,
            se é esta boa traquitana
            em que se vê Joanantão!

Ora juro a Deus que é graça!

Vai-se à barca do Anjo, e diz:

Hou da santa caravela,
poderês levar-me nela?

ANJO   A cárrega t'embaraça.
SAPATEIRO   Nom há mercê que me Deos faça?
            Isto uxiquer irá.
ANJO   Essa barca que lá está
            leva quem rouba de praça

Oh almas embaraçadas!
SAPATEIRO   Ora eu me maravilho

	haverdes por grão peguilho
	quatro forminhas cagadas
	que podem bem ir i chantadas
	num cantinho desse leito!
ANJO	Se tu viveras dereito,
	elas foram cá escusadas.

SAPATEIRO	Assi que determinais
	que vá cozer Inferno?
ANJO	Escrito estás no caderno
	das ementas infernais.

Torna-se à barca dos danados, e diz:

SAPATEIRO	Hou barqueiros! Que aguardais?
	Vamos, venha a prancha logo
	e levai-me àquele fogo!
	Não nos detenhamos mais!

CENA VI

Vem um Frade com ũa Moça pela mão, e um broquel e ũa espada na outra, e um casco debaixo do capelo; e, ele mesmo fazendo a baixa, começou de dançar, dizendo:

FRADE	Tai-rai-rai-ra-rão, ta-ri-ri-rão,
	Ta-rai-rai-rai-rão, tai-ri-ri-rão,
	tão-tão; ta-ri-rim-rim-rão Huha!
DIABO	Que é isso, padre? Que vai lá?
FRADE	Deo gratias! Sou cortesão.
DIABO	Sabês também o tordião?
FRADE	Porque não? Como ora sei!
DIABO	Pois, entrai! Eu tangerei
	e faremos um serão.
	Essa dama, é ela vossa?
FRADE	Por minha la tenho eu,
	e sempre a tive de meu.
DIABO	Fezeste bem, que é fermosa!
	E não vos punham lá grosa
	no vosso convento santo?
FRADE	E eles fazem outro tanto!
DIABO	Que cousa tão preciosa!
	Entrai, padre reverendo!
FRADE	Para onde levais gente?

DIABO	Pera aquele fogo ardente que nom temestes vivendo.
FRADE	Juro a Deos que nom t'entendo! E est'hábito no me val?
DIABO	Gentil padre mundanal, a Berzabu vos encomendo!

FRADE	Ah, Corpo de Deos consagrado! Pela fé de Jesu Cristo, que eu nom posso entender isto! Eu hei de ser condenado? Um padre tão namorado e tanto dado a virtude? Assi Deos me dê saúde, que eu estou maravilhado!

DIABO	Não curês de mais detença. Embarcai e partiremos: tomarês um par de remos.
FRADE	Não ficou isso n'avença.
DIABO	Pois dada está já a sentença!
FRADE	Par Deos! Essa seri'ela! Não vai em tal caravela minha senhora Florença.

	Como? Por ser namorado e folgar com uma mulher se há um frade de perder, com tanto salmo rezado?
DIABO	Ora estás bem aviado!
FRADE	Mais estás bem corregido!
DIABO	Devoto padre marido, havês de ser cá pingado...

Descobrio o Frade a cabeça, tirando o capelo, e apareceo o casco, e diz o Frade:

FRADE   Mantenha Deos esta coroa!
DIABO   Ó padre Frei Capacete!
                 Cuidei que tínheis barrete!
FRADE   Sabê que fui da pessoa!
                 Esta espada é roloa
                 e este broquel rolão.
DIABO   Dê Vossa Reverência lição
                 d'esgrima, que é cousa boa!

Começou o Frade a dar lição d'esgrima com a espada e broquel, que eram d'esgrimir, e diz desta maneira:

FRADE   Deo gratias! Dêmos caçada!
                 Pera sempre contra sus!
                 Um fendente! Ora sus!
                 Esta é a primeira levada.
                 Alto! Levantai a espada!
                 Talho largo, e um revés!
                 E logo colher os pés,
                 que todo o al no é nada.

                 Quando o recolher se tarda
                 o ferir nom é prudente.
                 Ora, sus! Mui largamente,
                 cortai na segunda guarda!
                 — Guarde-me Deos d'espingarda
                 mais de homem denodado.
                 Aqui estou tão bem guardado
                 como a palha n'albarda,

	Saio com meia espada...
	Houlá! Guardai as queixadas!
DIABO	Ó que valentes levadas!
FRADE	Ainda isto nom é nada...
	Dêmos outra vez caçada!
	Contra sus e um fendente.
	E cortando largamente,
	eis aqui seista feitada.

Daqui saio com uma guia
e um revés da primeira:
esta é quinta verdadeira.
— Oh! Quantos d'aqui feria!
Padre que tal aprendia
no Inferno há de haver pingos?
Ah! nom praza a São Domingos
com tanta descortesia!

Tornou a tomar a Moça pela mão, dizendo:

FRADE	Vamos à barca da Glória!

Começou o Frade a fazer o tordião e foram dançando até o batel do Anjo desta maneira:

FRADE	Ta-ra-ra-rai-rão; ta-ri-ri-ri-ri-rão;
	Tai-rai-rão; ta-ri-ri-rão; ta-ri-ri-rão.
	Huhá!

Deo gratias! Há lugar cá
pera minha reverença?
E a senhora Florença
polo meu entrará lá!

JOANE	Andar, muitieramá!

FRADE	Furtaste o trinchão, frade?
	Senhora, dá-me a vontade
	que este feito mal está.
	Vamos onde havemos d'ir,
	não praza a Deos com a ribeira!
	Eu não vejo aqui maneira
	senão enfim... concrudir.
DIABO	Haveis, padre, de viir.
FRADE	Agasalhai-me lá Florença,
	e compra-se esta sentença
	e ordenemos de partir.

CENA VII

Tanto que o Frade foi embarcado, veo ũa Alcouveteira, per nome Brísida Vaz, a qual, chegando à barca infernal, diz desta maneira:

BRÍSIDA	Houlá da barca, houlá!
DIABO	Quem chama?
BRÍSIDA	Brísida Vaz.
DIABO	E aguarda-me, rapaz?
	Como nom vem ela já?
COMPANHEIRO	Diz que nom há de vir cá
	sem Joana de Valdês.
DIABO	Entrai vós, e remarês.
BRÍSIDA	Nom quero eu entrar lá.
DIABO	Que sabroso arrecear!
BRÍSIDA	No é essa barca que eu cato.
DIABO	E trazês vós muito fato?
BRÍSIDA	O que me convém levar.
DIABO	Que é o qu'havês d'embarcar?
BRÍSIDA	Seiscentos virgos postiços
	e três arcas de feitiços
	que nom podem mais levar.
	Três almários de mentir,
	e cinco cofres de enleos,

e alguns furtos alheos,
assi em joias de vestir,
guarda-roupa d'encobrir,
enfim — casa movediça;
um estrado de cortiça
com dous coxins d'encobrir.

A mor cárrega que é:
essas moças que vendia:
Daquesta mercadoria
trago eu muita, bofé!

DIABO Ora ponde aqui o pé...
BRÍSIDA Hui! E eu vou pera o Paraíso!
DIABO E quem te dixe a ti isso?
BRÍSIDA Lá hei de ir desta maré.

Eu sô ũa mártela tal,
açoutes tenho levados
e tormentos soportados
que ninguém me foi igual.
Se fosse fogo infernal,
lá iria todo o mundo!
A estoutra barca, cá fundo
me vou, que é mais real.

Barqueiro mano, meu olhos,
prancha a Brísida Vaz!

ANJO Eu não sei quem te cá traz...
BRÍSIDA Peço-vo-lo de giolhos!
Cuidais que trago piolhos,
anjo de Deos, minha rosa?
Eu sô aquela preciosa
que dava as moças a molhos,

a que criava as meninas
pera os cónegos da Sé...
Passai-me, por vossa fé,
meu amor, minhas boninas,
olho de perlinhas finas!
 E eu sou apostolada,
angelada a martelada,
e fiz cousas mui divinas.

Santa Úrsula nom converteo
tantas cachopas como eu:
todas salvas polo meu,
que nenhūa se perdeo.
E prouve Àquele do Céo
que todas acharam dono.
Cuidais que dormia sono?
Nem ponto se me perdeo!

ANJO	Ora vai lá embarcar,
	não estês emportunando.
BRÍSIDA	Pois estou-vos eu contando
	o porque me havês de levar.
ANJO	Não cures de emportunar,
	que nom podes ir aqui.
BRÍSIDA	E que má-hora eu servi,
	pois não m'há de aproveitar!

Torna-se Brísida Vaz à barca do Inferno, dizendo:

	Hou barqueiros da má-hora,
	que é da prancha, que eis me vou?
	E há já muito que aqui estou,
	e pareço mal cá de fora.
DIABO	Ora entrai, minha senhora,

e serês bem recebida;
se vivestes santa vida,
vós o sentirês agora.

CENA VIII

Tanto que Brísida Vaz se embarcou, veio um Judeu, com um bode às costas; e, chegando ao batel dos danados, diz:

JUDEU	Que vai cá? Hou marinheiro!
DIABO	Que má-hora vieste!
JUDEU	Cuj'é esta barca que preste?
DIABO	Esta barca é do barqueiro.
JUDEU	Passai-me por meu dinheiro.
DIABO	E o bode há cá de vir?
JUDEU	Pois também o bode há de ir.
DIABO	Que escusado passageiro!
JUDEU	Sem bode, como irei lá?
DIABO	Nem eu nom passo cabrões.
JUDEU	Eis aqui quatro testões
	e mais se vos pagará.
	Por vida do Semifará
	que me passeis o cabrão!
	Querês mais outro testão?
DIABO	Nenhum bode há de vir cá.
JUDEU	Porque nom irá o judeu
	onde vai Brísida Vaz?
	Ao senhor meirinho apraz?
	Senhor meirinho, irei eu?

DIABO	E fidalgo, quem lhe deu...
JUDEU	O mando, dizês, do batel?
	Corregedor, coronel,
	castigai este sandeu!
	Azará, pedra miúda,
	lodo, chanto, fogo, lenha,
	caganeira que te venha!
	Má corrença que te acuda!
	Par el Deu, que te sacuda
	co'a beca nos focinhos!
	Fazes burla dos meirinhos?
	Dize, filho da cornuda!
JOANE	Furtaste a chiba, cabrão?
	Parecês-me vós a mim
	gafanhoto d'Almeirim
	chacinado em um seirão.
DIABO	Judeu, lá te passarão
	porque vão mais despejados.
JOANE	E ele mijou nos finados
	n'ergueja de São Gião!
	E comia a carne da panela
	no dia de Nosso Senhor!
	E aperta o salvanor,
	e mija na caravela!
DIABO	Sus, sus! Dêmos à vela!
	Vós, judeu, irês à toa.
	que sois mui ruim pessoa.
	Levai o cabrão na trela!

CENA IX

Vem um Corregedor, carregado de feitos, e, chegando à barca do Inferno, com sua vara na mão, diz:

CORREGEDOR	Hou da barca!
DIABO	Que querês?
CORREGEDOR	Está aqui o senhor juiz?
DIABO	Oh amador de perdiz,
	gentil cárrega trazês!
CORREGEDOR	No meu ar conhecerês
	que nom é ela do meu jeito.
DIABO	Como vai lá o direito?
CORREGEDOR	Nestes feitos o verês.

DIABO	Ora, pois, entrai. Veremos
	que diz i nesse papel...
CORREGEDOR	E onde vai o batel?
DIABO	No Inferno vos poeremos.
CORREGEDOR	Como? À terra dos demos
	há de ir um corregedor?
DIABO	Santo descorregedor,
	embarcai, e remaremos!

	Ora, entrai, pois que viestes!
CORREGEDOR	Nom é de regulæ juris, não!
DIABO	Ita, ita! Dai cá a mão!

Remareis um remo destes.
Fazê conta que nacestes
pera nosso companheiro.
— Que fazes tu, barzoneiro?
Faze-lhe essa prancha prestes!

CORREGEDOR   Oh! renego da viagem
e de quem m'há de levar!
Háqui meirinho do mar?
DIABO   Não há cá tal costumagem.
CORREGEDOR   Nom entendo esta barcagem,
nem hoc non potest esse.
DIABO   Se ora vos parecesse
que nom sei mais que linguagem...

Entrai, entrai, corregedor!
CORREGEDOR   Hou! *Videtis qui petatis!*
Super jure majestatis
tem vosso mando vigor?
DIABO   Quando éreis ouvidor
nonne accepistis rapina?
Pois irês pela bolina
onde nossa mercê fôr...

Oh! Que isca esse papel
pera um fogo que eu sei!
CORREGEDOR   *Domine, memento mei!*
DIABO   *Non es tempus*, bacharel!
Imbarquemini in batel
quia judicastis malitia.
CORREGEDOR   *Semper ego justitia*
fecit bem per nivel.

DIABO   E as peitas dos judeus

	que vossa mulher levava?
CORREGEDOR	Isso eu não o tomava,
	eram lá percalços seus.
	Nom som *peccatus meus,*
	peccavit uxore mea.
DIABO	*Et vobis quoque cum ea,*
	não teimuistis Deus.
	A largo modo adqueristis
	sanguinis laboratorum,
	ignorantes peccatorum.
	Ut quid eos non audistis?
CORREGEDOR	Vós, arrais, *nonne legistis*
	que dar quebra os pinedos?
	Os dereitos estão quedos,
	sed aliquid tradidistis...
DIABO	Ora entrai nos negros fados!
	Irês ao lago dos cães
	e verês os escrivães
	coma estão tão prosperados.
CORREGEDOR	E na terra dos danados
	estão os evangelistas?
DIABO	Os mestres das burlas vistas
	lá estão bem fraguados.

CENA X

Estando o Corregedor nesta prática com o Arrais infernal, chegou um Procurador, carregado de livros, e diz o Corregedor ao Procurador:

CORREGEDOR   Ó senhor Procurador!
PROCURADOR   Bejo-vo-las mãos, Juiz!
                Que diz esse arrais? Que diz?
DIABO   Que serês bom remador.
                Entrai, bacharel doutor,
                e irês dando na bomba.
PROCURADOR   E este barqueiro zomba.
                Jogatais de zombador?

                Essa gente que aí está,
                pera onde a levais?
DIABO   Pera as penas infernais.
PROCURADOR   Dix! Nom vou eu pera lá!
                Outro navio está cá,
                muito milhor assombrado.
DIABO   Ora estás bem aviado!
                Entra, muitieramá!

CORREGEDOR   Confessaste-vos doutor?
PROCURADOR   Bacharel sou... Dou-me ò demo!
                Não cuidei que era extremo,

	nem de morte minha dor.
	E vós, senhor Corregedor?
CORREGEDOR	Eu mui bem me confessei,
	mais tudo quanto roubei
	encobri ao confessor...

PROCURADOR	Porque, se o nom tornais,
	não vos querem absolver,
	e é muito mao de volver
	depois que o apanhais.
DIABO	Pois porque nom embarcais?
PROCURADOR	*Quia speramus in Deo.*
DIABO	*Imbarquimini in barco meo...*
	Pera que esperatis mais?

Vão-se ambos ao batel da Glória, e, chegando, diz o Corregedor ao Anjo:

CORREGEDOR	Ó arrais dos gloriosos,
	passai-nos neste batel!
ANJO	Oh! Pragas pera papel,
	pera as almas odiosos!
	Como vindes preciosos,
	sendo filhos da ciência!
CORREGEDOR	Oh! *habeatis* clemência
	e passai-nos como vossos!

JOANE	Hou, homens dos briviairos,
	rapinastis coelhorum
	et pernis perdiguitorum
	e mijais nos campanairos!
CORREGEDOR	Oh! Não nos sejais contrários,
	pois nom temos outra ponte!
JOANE	*Beleguinis ubi sunt?*

Ego latinus macairos.

ANJO	A justiça divinal
	vos manda vir carregados
	porque vades embarcados
	neste batel infernal.
CORREGEDOR	Oh, nom praza a São Marçal
	com a ribeira, nem com o rio!
	Cuidam lá que é desvario
	haver cá tamanho mal.

PROCURADOR	Que ribeira é esta tal!
JOANE	Parecês-me vós a mi
	como cagado nebri,
	mandado no Sardoal.
	Embarquetis in zambuquis!
CORREGEDOR	Venha a negra prancha cá!
	Vamos ver este segredo.
PROCURADOR	Diz um texto do Degredo...
DIABO	Entrai, que cá se dirá!

*E tanto que foram dentro no batel dos condenados, disse o
Corregedor a Brísida Vaz, porque a conhecia:*

CORREGEDOR	Oh! Estês muitieramá
	senhora Brísida Vaz!
BRÍSIDA	Já siquer estou em paz,
	que não me leixáveis lá.
	Cada hora sentenciada:
	«Justiça que manda fazer...»
CORREGEDOR	E vós... tornar a tecer
	e urdir outra meada.
BRÍSIDA	Dizede, juiz d'alçada:

vem lá Pero de Lixbõa?
Levá-lo-emos à toa
e irá nesta barcada.

CENA XI

Vem um homem que morreo enforcado, e, chegando ao batel dos mal-aventurados, disse o Arrais, tanto que chegou:

DIABO   Venhais embora, enforcado!
                        Que diz lá Garcia Moniz?
ENFORCADO   Eu te direi que ele diz:
                        que fui bem-aventurado
                        em morrer dependurado
                        como o tordo na buiz,
                        e diz que os feitos que eu fiz
                        me fazem canonizado.

DIABO   Entra cá, governarás
                        até as portas do Inferno.
ENFORCADO   Nom é'ssa a nao que eu governo.
DIABO   Mando-t'eu que aqui irás.
ENFORCADO   Oh! Nom praza a Barrabás!
                        Se Garcia Moniz diz
                        que os que morrem como eu fiz
                        são livres de Satanás...

                        E disse-me que a Deos prouvera
                        que for a ele o enforcado;
                        e que fosse Deos louvado
                        que em bo'hora eu cá nacera;

e que o Senhor m'escolhera
e por bem vi beleguins;
E com isto mil latins
mui lindos, feitos de cera.

E no passo derradeiro
me disse nos meus ouvidos
que o lugar dos escolhidos
era a forca e o Limoeiro;
nem guardião do moesteiro
nom tinha tão santa gente
como Afonso Valente,
que é agora carcereiro.

DIABO   Dava-te consolação
isso, ou algum esforço?
ENFORCADO   Com o baraço no pescoço
mui mal presta a pregação...
E ele leva a devação,
que há de tornar a jentar...
Mas quem há de estar no ar
avorrece-lh'o o sermão.

DIABO   Entra, entra no batel,
que ao Inferno hás de ir!
ENFORCADO   O Moniz há de mentir?
Disse-me que com São Miguel
jentaria pão e mel
tanto que fosse enforcado.
Ora, já passei meu fado,
e já feito é o burel.

Agora não sei que é isso.
Não me falou em ribeira,

nem barqueiro, nem barqueira,
senão — logo Paraíso.
Isto muito em seu siso.
E era santo o meu baraço...
Eu não sei que aqui faço:
que é desta glória emproviso?

DIABO   Falou-te no Purgatório?

ENFORCADO   Disse que era o Limoeiro,
e ora por ele o salteiro
e o pregão vitatório;
e que era mui notório
que aqueles deciprinados
eram horas dos finados
e missas de São Gregório.

DIABO   Quero-te desenganar:
se o que disse tomaras,
certo é que te salvaras.
Não o quiseste tomar...
— Alto! Todos a tirar,
que está em seco o batel!
— Saí vós, Frei Babriel!
Ajudai ali a botar!

CENA XII

Vêm quatro Cavaleiros cantando, os quais trazem cada um a Cruz de Cristo, pelo qual Senhor e acrecentamento de Sua santa fé católica morreram em poder dos mouros. Absoltos a culpa e pena per privilégio que os que assi morrem têm dos mistérios da Paixão d'Aquele por Quem padecem, outorgados por todos os Presidentes Sumos Pontífices da Madre Santa Igreja. E a cantiga que assi cantavam, quanto a palavra dela, é a seguinte:

CAVALEIROS   À barca, à barca segura,
barca bem guarnecida,
à barca, à barca da vida!

Senhores que trabalhais
pola vida transitória,
memória, por Deos, memória
deste temeroso cais!
À barca, à barca, mortais,
barca bem guarnecida,
à barca, à barca da vida!

Vigiai-vos, pecadores,
que, despois da sepultura,
neste rio está a ventura
de prazeres ou dolores!
À barca, à barca, senhores,

barca mui nobrecida,
à barca, à barca da vida!

*E passando per diante da proa do batel dos danados assi
cantando, com suas espadas e escudos, disse o Arrais da per-
dição desta maneira:*

DIABO	Cavaleiros, vós passais
	e nom preguntais onde is?
1º CAVALEIRO	Vós, Satanás, presumis?
	Atentais com quem falais!
2º CAVALEIRO	Vós que nos demandais?
	Siquer conhecê-nos bem.
	Morremos nas Partes d'Além,
	e não queirais saber mais
DIABO	Entrai cá! Que cousa é essa?
	Eu nom posso entender isto!
CAVALEIROS	Quem morre por Jesu Cristo
	não vai em tal barca como essa!

*Tornam a prosseguir, cantando, seu caminho direito à bar-
ca da Glória, e, tanto que chegam, diz o Anjo:*

ANJO	Ó cavaleiros de Deos,
	a vós estou esperando,
	que morrestes pelejando
	por Cristo, Senhor dos céos!
	Sois livres de todo o mal,
	mártires da Madre Igreja,
	que quem morre em tal peleja
	merece paz eteral.

E assi embarcam.

ÍNDICE

COLEÇÃO ÁRTEMIS
CLÁSSICOS DA LITERATURA NACIONAL

Printed in Great Britain
by Amazon

71503864R00031